Hatori Takahiro
羽鳥高広

詩集

魂と色彩

文芸社

詩集　魂と色彩　目次

詩集　魂と色彩

宝石と花瓶

ここは夏の香り　自然の熱気
緑色の草木の呼吸立ち込める
小さな楽園

心持　僕は風を待った
窓や玄関は開け放たれていた
なのに人はいなかった
皆　出掛けていた

濁った池の水は　死んでいる
太陽は嫉妬して　甲虫《ムシ》の背中を焼く
緑に混ざる宝石　蜜に浸した果実の味

夏の熱気漂う小さな楽園で
毎日決まった時刻に
僕は花瓶を割る

池

午後の明るさの中
何も知らずに歩いていたら、
匂ってきた
草の香りが、木の香りが、
焼ける虫の香りが、

水はまるかった、
そばの小鳥が思わず
独り言をいうほどに

池の底では水死体が暮らしてる
僕らの生活を乱すな、と
青い目でみつめてた

僕は意地悪になって
底に向かって古い花瓶を投げつけた、
その日、僕は銃殺された。

夏

昨日の夜
僕はどこかへ電話をかけていた
今日　僕は鞄の中ばかり見つめてる
夏だからというのか?
空は　いや
僕の目は影ばかりを見ている

道化師の顔した殺人鬼は　黒馬を操り
絶望の螺旋をまわし続けて
昼間だというのに
影ばかり濃くみせる

やめてくれ

やめてくれ

夏

夜も更けて、裏通りは祭りの匂い。
僕の隣で、浴衣が泣いている、
か弱き腕が泣いている。

夏の夜に、彼女の瞳は濡れている。

僕は夜空に浮かぶ月、飲み込んで
下駄の音を響かせた。

無感動

港を歩く少女
爪には宝石が埋め込まれていて
草を踏む
黒馬の群れに火をつけて
彼女は珈琲を注文
（やつらの生き残りが毒を盛った）

僕も一緒に死にましょう
テレビの画面に、死人の顔一つ……

春

空を流れる涙や雲は
地上の僕らを置いていく
空に浮かぶあなたの右腕は
涙に濡れて　僕を忘れる

黄色い春だ
別れの春だ

池

重く揺れる池のほとりで、
僕はあなたに訊ねました。
「あなたの右手は、
水面に浮かぶかたつむり
それとも
深海に咲くヒヤシンス」

あなたは、
それに答える前に身を投げて死んだ。
僕は死ねなかった。

夏

夏の夜
僕は孤独に夢を見た
夏の夜が　僕を連れて行く
閉鎖された楽園へ
明るい地獄へ……

無題

おい　お前
あの老人を見てみろ
あの頭を見てみろ
黒い帽子をヌメっと被りやがった
あんな黒い帽子をヌメっと被りやがった

少年の膝

無機質な
建築の間をすり抜けて
走って
飛んで
転ぶ

少年の膝はすりむけて
愛や希望がにじみ出る

少年の膝は
深い海の貝がら

乱心小詩

死火山の工場群
鉄の毒ガス、車輪群

油凪、海の毒よ

死を夢見よ
工場からの白煙が
お前を燻すぞ

お笑い種

鉄になった女よ、
お前を殴り殺していいか？
大手デパートの
看板が落撃、血みどろのお前
訴えようにも、弁護士が相手にしてくれなかったとさ……。

現代賛歌

活火山のビル群

鉄の滑車

白煙の無機物賛歌

有機物の腐り落ちる…

無機質な奴等

蟲の蠢く姿は
君と一緒だ
浜辺の砂には
白い蛾がよく混じる
君は
海に沈む太陽だ

絵の具の様に真っ赤で
気色悪い

池

池のほとりで　僕は転んだ
ひたいから、血が流れた

僕の体は八つ裂きにされて、
木の根元に植えられた。

それをみつけたあなたは、僕の顔面を
ただ、ひたすらなぐった

翌日、僕らは結婚した。

僕は池だ
あなたがたの魂をのみこむ

青年期

私の青春は
木漏れ日の中を過ぎてゆく

陰の小花が流す涙
一粒たれて
深海の溜息をさそう

私は孤独な鳥
海底を漂う火薬の香り
御都合主義の水死体

或る惑星

夜の海辺、月は平面的で色はベタ塗りしたようだ。それが二つも三つもあるのだから可笑しい。その周りでは、いやに近くで星が光っていて、空を濃い紫色に見せている。

浜辺では、硫酸が波打っている。酸は泡立ち、崩れて、軽い音を立てる。中では、巨大な海月が二匹ほど、ネオンの光を夜空に加えている。

右手では無言の丘が、海の奥の方へと突き進んでいた。

雲の印象

海の青さは
喫煙者の肺にひそむ毒煙のように
俺の心に染み渡って
肉体は表面から
張りさけそうだった

夕霧のせい　焼魚のせい
日のせいだ
海は水気を全く失った

大洋から沸き上がる毒煙は
薄明るい大気に大きな積乱雲を
空間を盛んに迷情する女体を
つくりあげる

「a、a、a、a、a、a、
aaa――――――――o」

それは寺の紅葉や、少女の右腕、
個々の砂漠の風紋の中に
居る。

あの時の昼

森が印象のなかでわななく
それで昼は強情だった

我が目、我が街、

コーヒー等、こぼした
それでふやけた土は弱気だ

手には棘がささって
行くところもなく
いじけた俺は

ただ歩いた、木を担いで

景色

空は青く、
日差しは雨のように
雲はちぎれて浮いている
風は時折ささやく、

森は寝ている、寝相が悪い
葉は空をはじく、高貴な臍《へそ》曲り
しずくは周りを受け入れない
梢は空から生え出ている、
葉は俺の手を叩く、

冬に思う夏の景色は
時折、間違いを犯す。

春

春は俺を水浸しにする

いつもの縁側が
金のように輝く
温かい朝

庭の木は
梅の花を咲かす

母が用意した
和室に転がる洗濯物や
テーブルの上の朝食を
春は水浸しにしちまう

並木道

遠い記憶の中の
あの懐かしいような
悲しいような
不思議なやさしさに包まれて
ぼくは
快楽のなみにひたっていた

土のあたたかい感触に

うっとりしながら
並木道をすすんでいく
どこまでも続くものだと
信じきって

北の月

北には愛があった
そして月があった
のろわれびとの背中には
北の月が光っている

黒い嘘

雪の朝、私の嘘は露見する。
白い壁にかこまれて、幾つもの闇が
私の無垢な心を貫いて行く、

子供達のはしゃぎ声、雪だるま、轍、
それらは、私にくっついて離れない
私の美しい花々は、白いヴェールを被っている、
庭の死体は、雪に吸い取られ消えてなくなる、

雪団子を投げつけられて
私の黒いコートには、白い裁きの後が
残される。

こうして、私の嘘は露見する。

灯　火

今晩の、おかずにどうぞ、と
女が目前のテーブルに差し出した、
古くさい碗に入った
金色の何か、
太陽が目球に焼きつける
虹色の残像のような何か、

酔っておぼつかない俺の額に

赤やら金やら紺色やら、
音になれなかった色の和声《ハーモニー》が
破裂しながら
現われては、消えてゆく

俺の脳味噌は、騙されている事も
知らずに、
勝手に感動していた。

病人のリズム

ずんずんちゃちゃ
ずんずんちゃちゃ

イツモシズカニ
オマエハウタウ

ずんずんちゃちゃ
ずんずんちゃちゃ

カンタンデワカリヤスク
ワスレズニスム

ずんずんちゃちゃ
ずんずんちゃちゃちゃ

病床の息子

喧《やかま》しい通りが僕を悩ます
畳の藺草の匂いが
あいつ等を掻き消してくれればいいのに
団扇なぞ扇《あお》ぎながら

すっかり病んじまった

遠くのあの子

彼女
団扇なぞ扇ぎながら
すっかり眠そうだ
港町の青い空が生み落とした
初々しさがかわいらしい

彼女の心は紫色
僕にはあんまり
難しすぎる

飛雨

――雨は、情をきらう、

遊郭から歩み出す女と、
恋文を手に駆ける青年の頭上に、
雨は、
思いを晴らすように、降る。

僕が窓辺でまどろんでいると、

雨は、
何も偉ぶらずに
女の着物と青年の恋文を
濡らし、ぐちゃぐちゃにした

彼等は、きっと君を恨むだろう?
途方に暮れる前に、
泣くまえに、

僕は友情をこしらえて
君をねぎらおうと思ったのに、
雨よ、
人々に嫌気がさして、
お前は何処かに去ってった。

日と再生

朝日にあえぐ街の一角で
君の唇は菫《すみれ》のようにあざやかだった
闇に閉ざされたその目は
僕の心を見通しているよう

空は静寂、
雫は死。

いつだって
うっとりと俺の目を見つめてた君だ

雫は君の額に。

空は街に。

幻　影

むせ返るほどにあふれる涙
空は水色
古くさい木製扉　畳の間
窓外の透明な感触　冷たい吐息
窓ガラスには沈黙の涙　するりと垂れる

空にはうっすらと幻覚の兆し
白く　淡く

その下の大地には
あわただしく集められた古い家並、
黒光る瓦
人々の生活を見下ろす

雨止みの街角
そこを行くのはどこぞの町人
少年少女の奇妙な笑い、とぎれとぎれで
又、聞こえてくるのは、
青年の恋の夢、延々……

やがて又、聞こえてくるのは
力強い太鼓の音色、剽軽な小笛の音色
空を舞ってからみ合い
どこかで祭りが始まった

どこかで祭りが始まった

幻覚の兆し、白く　淡く
うっすらとした空の下
ああこの部屋の　なんとまた
温かさに満ちあふれた事だろう、

菫の花弁のような　あなたの着物
少女のように踊る手の指
奏でられる琴の調べ　ああ
玄妙なる光の束よ
瞳を閉ざし、耳傾けて聞き入るよ
ああ、陶酔……

（夕闇は、まだまだ遠い……）

むせかえるほどにあふれる涙　空は水色
古くさい木製扉　畳の間
窓外の透明な感触　つめたい吐息
窓ガラスには　沈黙の涙
スルリと垂れる……

Blue

ブルーの木の実がなる頃にゃ
僕らも幸福《しあわせ》になれるでしょう
ブルーの木の葉がおちるころ
僕らの瞳も落ちるでしょう

おそらく来年の今頃は
二人一緒に旅をして
喧嘩なんぞもしてみたり

僕の喫煙を　君はとがめたり
するでしょう
そうして僕は君のわがままを
愛し、安らかに頬笑むでしょう

この目から灯が消えるとき
君も静かに眠るのです
そしてその胸に
黄ばんだ僕の手がそっとおかれる

ブルーの木の実がなる頃にゃ
僕らも幸福になるのでしょう
ブルーの木の実が落ちる頃
僕らの瞳も落ちるでしょう

貴婦人

あなたの唇は
甘くつややかな弓のしなり
熱を帯びた頬は　夏の草木の風
美水の密室　処女の香り
俺が何をうたおうと　あなたは
気違い沙汰と笑うだろう

花瓶の花は蘇る　ああ
鳥達のわめき　風のうなり
太陽の虫への精密な拷問器具と
あなたの瞳の花は　いやしくも
同一でした

その可憐な白い足元から
血が流れ出すのを見とどけて
俺は蜈蚣《むかで》のように逃げてった

病死した男の着物女との思い出

木々の香りにつつまれた　僕の愛部屋
あれは何年前の事でしょう

秋だったか冬だったか
もうおぼえてはおりませぬ

夕闇は虚をついて　赤空を
侵蝕しておりました　それで街灯は

いつのまにかに灯っておりました

気がつけば　ストーヴの
焼ける石油のにおい
僕のとなりにちょこなんと
あなたは座っておりました

温かく　やさしい目差夢のよう
その上品な黒髪は
白靄のなか　微風に靡いておりました
私があなたの頬に手をそえると
うっとりと　目を逸らしてしまいます

（泉のように愛が湧き
橙色の幻想が二人をつつむ）

ふとその時、玄関の戸を叩く音
二人を引き離さんとする音
どういう用だったかその男
突然の訪問者

立ち上がるあなたの手をとり
私はこう言いました
「このまま二人で逃げましょうよ」、と

僕達ふたり
手をとり合って逃げだした
寒気と寂寥感の
真っ暗闇へと

でも、それでも愛は冷めません
二人はいつまでも抱き合った
お互いの
熱と香りを感じながら
二人はずっと抱き合いました

あれは何年前の事でしょう?
秋だったか冬だったか　もう
覚えてはおりませぬ

ただあの時の、ますます濃くなる夕闇
だけは、
どうにもこうにも忘れられませぬ……

若い女

若い女が泣いている
空を飛んでる青い鳥
胸にかすかな光をそえて
若い女が泣いている
流れる雲を追いかけて

若い女が泣いている
どこかで誰かが食事をしている
若い女が泣いている
どこかで猫が鳴いている
若い女の右腕は
濡れた花弁
どこかで女が泣いている

黄色譚

竹花が咲き乱れ
僕らの動向が速度を上げる

枯れた竹花が花粉を吹き上げ
町の男達は
妻の着物と女中の肌のにおいを
犯し、僕へと捧げる

北風がどこからかやってきて
竹を枯らして去っていく
おお、田舎娘！

僕の眼球は加速していく……。

花

漆黒を見つめる少女の瞳
せせらぎのごとく流れ佇む は青い衣
小刻みに震える手
そこに咲くのは
一輪の菫の花

茶色の沼

茶が軽い音たてて　碗の中へ流れ込む
湯気の中に浮かぶのは　苦い思い出
立ち込める香りも　苦しい現実

さあ　飲んじまったらおしまいだ
さて　どうする

苦くとも苦しくとも
忘れられないのも　また私の現実

「洗濯物、取り込んどいて下さいな」

その間に
松風が
この現実を
拭い去ってくれればよいのだが……

転落

雲の草原駆る一頭の黒馬、
……………
茶、茶菓子、
　　　　…用意する
……

女と着物……。

…

…

…

…

絶句。

愛、焦がれ

あの日俺が見た光景に、
太陽はあなたとの約束を果たそうと、
無音狂奏の碑を建てた。

住宅から離れ、
街道から離れ、
母子の夢からも遠くきて、
俺は夏の畦道に佇む

君を思う。

彼女の声
「散歩でもしましょうよ
夏の散歩道はよく香るのよ」

俺の声
「ええ、そうしましょ
早くしないと
夕闇が溶けちまう」

遠景

車道を
鉄が流れる
溶けた鉄のように
しかし、それは冷えて
固められた
非情な
ぬくもりを失した………
…………………………

……人魂は
轍に
溜まり
綿津見に
消え
海上を
渡る

放佚

床の間は、血の色が印象的だった
外の砂浜には　人間の足あと、
西の森にはくっきりと幻覚の兆し、

親戚の叔母さんを訪ねると、彼女は僕に
ザクロを出してくれた。

僕はザクロは食べなかったし、足あとも

つけなかった、幻覚も見なかった。
するとそれらはすべて
静寂というオリの中に凝縮されていった

猫と僕

僕が散歩をしていると
猫が轢かれて死んでいた
それは六月の宵だった
辺りはなぜか濡れていた

男と猫

猫が散歩をしていると

男が轢かれて死んでいた
それは秋の夜だった

猫

そのあと猫も轢かれて死んだ

白痴賛歌

風と大地の奔流
炸裂　ロゴスと印象の間で
果てでかすむ地平
広大な畑　しらけた森
みみっちい小麦たち

ああ　自然よ　お前は何だ
　海よ　お前は何だ

俺はひざまずき
様々な事象の
様々な反乱を傍観して
いつだってここへ戻ってきた生命だ

これから俺が見る夢は
真珠貝とイカれた殺りくの
生臭い不協和音のからくり

戦争だ
　鳥がついばむように
　俺の色彩
　うらぶれ

馬鹿

碧瑠璃

水は奔流する
岸はゆるやかな曲線にけずられる
森はそこへ侵食する
木々は湖に流れ込む
陽は

夕方にのみ照らすだろう
森の植物は
気象のせいで枯れるだろう
それを見て
鹿の涙は枯渇するだろう……

深森と修羅

森の深くの木々の蔭に
涙の痕跡を俺は見逃さなかった
その時空はまたたいていた
星の陰に奴は逃げた

　そして投げかけた
俺の股間に染み入る影を
鳥は泥酔した翼を
　月の明かりに洗い清める
　洗い清めようとする彼に
奴の仕打ちはひどかった
　俺は奴の顔面をひっぱたき
　　奴は俺をひっぱたいた

――それは延々続いた

湖に木々が侵蝕しだした間、

星々が哀れな鳥に
帰っておいでの
合図を送っていた間、

玩具のように

俺は一度失ったものを見た　霧の彼方に
俺は涙をよごした、
けがした
そこここに埋め込まれている宝石を

走りさる雲のように
列車の群れのように　人の雑踏のように
手を上げて叫び出す俺は
不器用でしかなかった

体中にのりづけされて
愚劣でしかない価値観を俺は自分に義務づける

　　もはや空から消えた
　　世界の唄がひとくさり
　　このダイヤモンドの脳髄と共に
　　一つの
　　うす汚れた希望となれたら

そんな事を思って
俺は草原の上にぶっ倒れた

霧の彼方に俺は見る、無数の玩具を、

煩悶

いやだモラリテ
嫌いだソシエテ

摩天楼の崩壊
人々の飢えに　天と精液
男の指、色彩の憎悪と
摩天楼の崩壊

いやだモラリテ
嫌いだソシエテ

雨、　雨、　雨、

彼女は漢字を書いていた

雨、　雨、

彼女は友人から
　ないがしろにされて
傷ついた

雨、

彼女の自宅から
　気球が上がった

帰巣自園

砂漠は森に恋をする
海は大気にあこがれる
人よ　うやまえ
自然のあらゆる蠱惑を

創造物の影に
存在の闇の中に堂々と居座りつづける
ある眩暈を

著者プロフィール

羽鳥 高広（はとり たかひろ）

1982年、茨城県に生まれる

詩集　魂と色彩

2003年9月15日　初版第1刷発行

著　者　羽鳥 高広
発行者　瓜谷 綱延
発行所　株式会社文芸社
〒160-0022　東京都新宿区新宿1－10－1
電話　03-5369-3060（編集）
03-5369-2299（販売）

印刷所　図書印刷株式会社

ISBN4-8355-6241-0 C0092